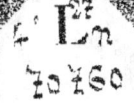

PUBLICATIONS DE LA SOCIÉTÉ ROBESPIERRE

1

Observations sur Maximilien Robespierre

PAR

PHILIPPE BUONARROTI

avec une Introduction

PAR

CHARLES VELLAY

———— ◆ · ◆ · ◆ ————

CHALON-SUR-SAONE
IMPRIMERIE FRANÇAISE ET ORIENTALE E. BERTRAND
5, Rue des Tonneliers, 5

1912

OBSERVATIONS SUR MAXIMILIEN ROBESPIERRE

PAR

PHILIPPE BUONARROTI

Les Observations sur Maximilien Robespierre *de Philippe Buonarroti sont d'une extrême rareté, et les biographes de Buonarroti eux-
mêmes les ont souvent ignorées*[1]. *Elles font partie de ces documents à la
fois célèbres et inconnus, qu'on recherche presque toujours avec
insuccès, et dont la réimpression n'est jamais inutile. C'est à l'obli-
geance de M. Nettlau que nous devons la communication de ce texte,
qu'il a retrouvé dans le n° 17 (septembre 1842) de* la Fraternité[2] *et
qu'il a bien voulu transcrire pour nous. Il y a joint les notes que voici :*

« *Ces* Observations sur Maximilien Robespierre *furent publiées,
sans nom d'auteur, dans* La Fraternité, *journal mensuel exposant la
doctrine de la communanté (Paris, n° 17, septembre 1842, pp. 88-90,
in-4°). Même si* La Fraternité *de 1845, p. 38, ne mentionnait pas le
nom de l'auteur, on y reconnaîtrait l'écrit sur Robespierre que
Buonarroti, avec sa lettre du 3 mai 1836, envoya à son traducteur
anglais, Bronterre O'Brien (V.* Buonarroti's History of Babeuf s
Conspiracy for Equality, *Londrès, 1836). G. Romano-Catania
(*Filippo Buonarroti, 2ᵉ édition, Palerme, 1902, p. 204, note 2*),
d'après les documents de feu M. Félix Delhasse, mentionne que
celui-ci publia les* Observations *dans* La Belgique démocratique,

---

1. C'est ainsi que M. Robiquet (*Buonarroti et la secte des Egaux*, p. 208) cite
une lettre de Genevoix à Buonarroti, où il est question de cette « notice », mais
il ne paraît pas s'être rendu compte de ce que Genevoix désignait ainsi.
2. Journal mensuel, dont le siège était à Paris, 72, rue Mazarine.

nᵒ 9 (15 janvier 1851), journal que je n'ai pas vu. Il dit également, peut-être d'après une note introductoire de Delhasse, ou en faisant une conjecture assez plausible, que Buonarroti écrivit ces remarques à la suite des discussions sur Robespierre soulevées dans la « Société des Droits de l'homme et du Citoyen » par la publication de la Déclaration des droits de l'homme et du citoyen de Robespierre. Ce document forme les pp. 13-16 d'un Exposé *du Comité central de cette Société, signé par G. Cavaignac, président, etc. (Paris, Impr. L. E. Herhan, 16 pp. in-8ᵒ, s. d. [octobre 1833]). Quoique une édition originale en feuille, sans nom d'auteur, n'ait pas été retrouvée, toutes les circonstances citées font croire que les* Observations *circulèrent en copies manuscrites ou imprimées d'une manière ou d'une autre, exemplaires totalement disparus comme tant d'autres écrits des sociétés plus ou moins secrètes de cette époque. »*

Qu'on nous permette de compléter par quelques remarques ces intéressantes notes de M. Nettlau.

L'édition originale des Observations *paraît être celle de l'année 1837. A cette époque, les frères Delhasse les publièrent dans le journal bruxellois le* Radical, *et en firent ensuite l'objet d'un tirage à part (in-4ᵒ de 4 pp. à 2 col.). Cette première publication, comme d'ailleurs celle de 1842, ne porte pas de nom d'auteur.*

Si l'on fait état de tous ces renseignements, on peut reconstituer à peu près ainsi l'histoire probable de cet écrit. Buonarroti l'aurait rédigé entre 1833 et 1836. Il en aurait alors communiqué divers exemplaires, probablement manuscrits, à quelques amis (à Bronterre O'Brien en 1836, à Genevoix au début de 1837). Imprimé en 1837 dans le Radical, *publié ensuite à part, il aurait été réimprimé en 1842, puis en 1851. Aucune indication ne permet de penser qu'il ait été réimprimé depuis cette dernière date.*

Le principal intérêt de ce document est d'avoir pour auteur un homme qui a vécu dans l'intimité de Robespierre, et qui a pu mieux qu'un autre connaître ses intentions et ses pensées. Comme tous les événements auxquels il y est fait allusion sont fort connus, il nous a paru inutile d'y ajouter aucune note explicative.

CHARLES VELLAY.

Si nous entreprenons d'émettre notre opinion sur cet illustre législateur, c'est parce que nous pensons que sa vie publique offre de sages leçons aux réformateurs et parce que le récit de ses malheurs jette un grand jour sur les causes qui empêchèrent la république de s'établir en France. Dès son adolescence, Robespierre fut probe, modeste et studieux ; il prit de bonne heure la défense du faible contre le fort, de la raison contre le préjugé ; il arriva aux États-Généraux, en 1789, plein de vénération pour la mémoire de Rousseau, dont il médita les écrits toute sa vie ; déjà il aimait et plaignait le peuple, abhorrait les GRANDS, méprisait les faiseurs d'esprit et était convaincu que tout était à réformer dans l'ordre civil et politique de la France. La vie publique de Maximilien embrasse presque en entier les cinq premières années de la révolution française du XVIII⁰ siècle ; pendant ce temps, il fut tour à tour écrivain, magistrat, orateur et législateur. A l'Assemblée constituante, il se fit remarquer par des idées qui, tout opposées qu'elles étaient aux prétentions des royalistes de l'ancien régime, s'éloignaient cependant beaucoup du système politique des hommes influents de cette Assemblée ; il tirait du principe de la souveraineté nationale des conséquences rigoureuses que ses collègues affectai[en]t pour la plupart de couvrir de mépris. De ce nombre furent les opinions qu'il émit au sujet de la garde nationale, de la loi martiale, du massacre du Champ-de-Mars et de la revision. Dès-lors Robespierre pensait que la révolution devait changer du tout au tout la condition matérielle et morale des classes laborieuses ; tandis que pour le côté révolutionnaire de l'Assemblée, la grande affaire était de transférer à la bourgeoisie riche, raisonneuse et active, l'autorité dont la noblesse et le clergé avaient envahi toutes les branches. Ce fut dans cet esprit tout populaire qu'il réclama l'admission, dans la garde nationale, des prolétaires qui en furent exclus ; qu'il repoussa la brutalité de la loi martiale ; qu'il s'indigna du massacre du Champ-de-Mars ; qu'il combattit la distinction des citoyens en actifs et non actifs ; qu'il s'opposa à la révision de la constitution et à la réintégration de Louis XVI après la fuite de Varennes.

Lors du massacre dont nous venons de parler, Robespierre fit, par une adresse mémorable, connaître au peuple français ses doctrines populaires, et dévoila les vues sinistres de la faction bourgeoise et constitutionnelle. A la suite de ce carnage, le seul Robespierre soutint le courage mourant du parti de l'égalité, qui se maintint à la société des Jacobins presque anéantie par la défection des députés que Lafayette entraîna au club aristocratique des Feuillants.

Ce qui paraissait alors à Robespierre bien plus important que la destruction de la royauté, c'était l'anéantissement des aristocraties et l'établissement complet de l'égalité ; aussi ce fut après s'être convaincu que tel n'était pas l'esprit des membres révolutionnaires de l'Assemblée, qu'il se méfia des projets républicains de quelques-uns d'entre eux et qu'il provoqua le décret qui les excluait tous de la prochaine législature ; il entendait frayer le chemin à la république par l'accroissement de la vertu sur laquelle elle doit s'appuyer. Sous l'Assemblée législative, il refusa les fonctions d'accusateur public pour se soustraire à l'obligation de faire exécuter des lois faites par les riches contre la masse du peuple. Quoiqu'on en ait dit, Robespierre était sensible et humain : il proposa l'abolition de la peine de mort et l'adoucissement des autres peines. Dans les relations privées, il était généreux, compatissant et serviable, mais il était sévère et inflexible contre la tyrannie, l'injustice et l'immoralité. Dans l'intervalle qui s'écoula entre la clôture de l'Assemblée constituante et le renversement du trône, arrivé le 10 août 1792, la vie de Robespierre fut partagée entre les devoirs d'écrivain et ceux d'orateur à la tribune des Jacobins. En cette double qualité, il ne cessa de combattre à la fois les trames de la cour et les intrigues du parti bourgeois prêt à abandonner Lafayette royaliste, pour se ranger sous le drapeau de la Gironde, flottant entre la royauté par elle protégé[e] et la république instituée aristocratiquement. Cette tâche était d'autant plus épineuse que les Girondins, hostiles eux-mêmes à l'ancienne noblesse, au clergé et au régime d'autrefois, jouissaient d'une grande popularité, fruit de leurs talents et de leur langage semi-populaire. Fidèle à sa conscience, Robespierre dut souvent plaider la cause des malheureux et des opprimés contre la dureté des partisans effrénés de l'ordre public. Il défendit le peuple affamé et poussé au désespoir par l'avidité des propriétaires fonciers et des marchands de blé. Il protégea les soldats patriotes comprimés par les rigueurs de la discipline militaire, dont la perfidie des chefs redoublait l'atrocité. A une époque où le parti bourgeois et celui de la noblesse et de la cour cherchaient, chacun dans son sens, à tordre et dénaturer l'esprit des nouvelles lois, Robespierre s'attachait particulièrement à développer les conséquences pratiques de la Déclaration des Droits, qui, tout empreinte qu'elle était des intentions malfaisantes de ses auteurs, ouvrait cependant un champ assez vaste à des réformes et à des mesures obstinément repoussées.

par les partis que nous venons de nommer. La Gironde guerroyait, au profit de la bourgeoisie, contre les hommes de l'ancien régime ; Robespierre combattait toutes les distinctions en faveur des classes laborieuses. — Les chefs girondins étaient encore à la société des Jacobins : là se dessina d'une manière plus décisive la différence qui existait entre le but qu'ils se proposaient et celui auquel tendait le parti dont Robespierre inspirait les vœux et dirigeait la conduite, à l'occasion de la guerre offensive proposée par le roi et désirée par la Gironde. — Le parti qui se prononçait pour la guerre était nombreux à l'Assemblée législative et aux Jacobins : pour l'y déterminer on lui faisait envisager, outre l'avantage de réprimer l'insolence des princes, celui qu'il y aurait à élever des gouvernements constitutionnels sur les débris de leurs trônes, dont on prétendait que les peuples voisins souhaitaient la destruction. — Tout au contraire, Robespierre voyait dans la guerre proposée des dangers dont les uns menaçaient à ses yeux l'indépendance nationale, tandis que par les autres, bien plus redoutables, le sort de la révolution lui paraissait gravement compromis. D'abord, il voyait de la trahison ou de la folie dans la pensée de provoquer une guerre dont la direction serait confiée à un roi plus que suspect et à des chefs évidemment ennemis du nouvel ordre de choses. Mais ce qui l'affermissait plus que cela dans son opposition à la guerre offensive, c'était la prévision des obstacles que l'invasion des pays voisins élevait au développement des institutions libres, encore imparfaites, chancelantes, combattues et au berceau. Les violences, disait-il, inséparables d'une guerre d'envahissement, indisposeront contre la révolution les peuples que vous voudriez délivrer ; le prestige de la gloire militaire entraînera au loin vos meilleurs citoyens et effacera dans l'intérieur l'amour de l'égalité ; vos victoires seront plus funestes que des défaites, parce qu'elles fourniront à l'ambition des généraux la facilité de se satisfaire. Ce langage, peu en harmonie avec l'ardeur du caractère national, n'enleva pas à Robespierre la confiance du peuple dont il ne fut jamais le flatteur. — Au 10 août 1792, Robespierre était membre de la nouvelle municipalité, à laquelle le peuple de Paris l'avait porté en commençant l'insurrection qui renversa la royauté : il prit part aux mesures et aux dangers de cette grande journée, et ce fut lui qui, après la victoire, alla à la tête du corps dont il était membre, tracer à l'Assemblée législative, divisée et incertaine, la marche politique que les circonstances semblaient lui commander. Bientôt après, le vœu des électeurs, confirmé par le peuple de Paris, le fit passer des séances tumultueuses de la municipalité à celles plus graves et plus orageuses de la Convention nationale. Là commença la plus glorieuse partie de sa carrière politique. A des époques marquées paraissent sur la terre des hommes rares dont le génie, la vertu ou l'audace étonnent le monde et changent la face des nations : tels furent Moïse, Pythagore, Lycurgue; tels furent Jésus et Mahomet, tel eut été Robespierre, s'il y avait eu à la Convention cinquante hommes capables de le comprendre et de le seconder. Ses mœurs furent austères : il était tempérant, désintéressé, laborieux et bon. Ces qualités le rendirent cher aux personnes qui l'approchaient : la famille du menuisier Duplay, au sein de laquelle il passa les dernières années de sa vie, en chérit encore le souvenir et en vénère les vertus. — A la Convention, Robespierre eut à combattre les débris de la royauté, les préventions de la bourgeoisie et les écarts de l'immoralité. Sa pensée constante fut la réforme des mœurs et de l'ordre social par la création d'institutions servant de base à l'édifice majestueux de l'égalité et de la république populaire. Il en fut récompensé par une gloire immortelle payée d'une mort violente et prématurée. Dans la lutte entreprise avec dévouement et soutenue avec fermeté, il eut pour auxiliaires quelques membres de la Convention, la société des Jacobins de 1793 dans sa grande majorité, et un peuple immense qui lui avait décerné une couronne d'incorruptibilité. — Les écrits que Robespierre nous a laissés, joints à ses mœurs publiques et privées, attestent qu'il fut constamment préoccupé de la pensée de régénération sociale à laquelle il avait consacré sa vie : PEUPLE, ÉGALITÉ, VERTU, étaient les grandes idées auxquelles il rapportait tous les devoirs du législateur. Pour se former une opinion juste de ses doctrines politiques, il suffit de lire son adresse à ses commettans, sa Déclaration des Droits, ses opinions sur la constitution, ses rapports sur le gouvernement révolutionnaire, sur la morale de la république, sur les idées religieuses, sur les fêtes populaires et sur l'éducation, ainsi que son célèbre discours avant-coureur de sa mort. Grand était, dès 1789, le nombre des adversaires de la cour et surtout de la noblesse et du clergé. La philosophie des encyclopédistes avait aguerri une foule d'esprits avides de nouveautés à combattre les privilèges de la naissance et à mépriser les enseignements de la religion. Avec de nouvelles lumières se glissèrent dans les âmes un désir plus vif de puissance et de richesses, et le dégoût du frein moral que le christianisme, d'accord avec la sagesse, impose aux passions immodérées du cœur humain. En se dégageant des pratiques commandées par l'Église, on oublia souvent les grandes lois d'égalité et de fraternité promulguées par Jésus, tant il est vrai qu'il ne faut toucher aux opinions purement religieuses qu'avec certains ménagements, de crainte que les coups portés aux inventeurs de l'imposture ne rejaillissent sur la morale qu'on a eu l'adresse de confondre perfidement avec elles. Tandis que les uns présumaient s'élever par les charmes de l'esprit et par l'élégance des manières, d'autres, moins éclairés ou moins patients, confiaient leur avenir à la vigueur de leurs bras, à la force de leurs poumons et aux ressources de l'intrigue et de l'improbité. A côté des uns et des autres, un nombre assez restreint d'hommes de vertus et de bonnes intentions conçurent la possibilité de tout abattre pour tout réédifier sur un plan nouveau, non pour s'élever de rang et de fortune, mais uniquement afin de changer le sort du peuple accablé sous le poids de la fatigue, de la misère, de l'ignorance et du mépris. — C'est de ce mélange hétérogène que furent tirés par le peuple français, plus à cause de leurs qualités éblouissantes que de leur mérite réel, les députés à cette Convention, véritable macédoine sur laquelle la vertu n'exerça de l'empire que par la fermeté de quelques membres et par l'influence quelquefois menaçante du dehors. — De toutes les communes de France, Paris était celle qui réunissait le plus grand nombre d'amis éclairés et ardents de la révolution et de l'égalité; et c'est à cause de cela que, sous différents prétextes, tous les partis récalcitrants ont cherché à le rendre suspect au reste de la nation et à en diminuer l'ascendant. Sous la Convention, ce fut là une tactique favorite des Girondins. — A peine la royauté eut-elle fait place à la république, qu'ils firent pleuvoir un déluge d'injures et de dénonciations sur la municipalité de Paris, à laquelle ils reprochaient surtout de n'avoir pas gardé, dans la tourmente du 10 août, dont le succès fut en grande partie son ouvrage, l'ordre symétrique d'une partie d'échecs. Robespierre défendit alors avec une grande éloquence le peuple et les magistrats de Paris. Il insista avec tant de raison sur le devoir où étaient les législateurs de mettre à l'écart toutes les discussions personnelles pour s'occuper exclusivement des intérêts de la patrie, que les exécutions tumultueuses des 2 et 3 septembre mêmes furent perdues de vue. Les intérêts sur lesquels Robespierre appelait l'attention de l'assemblée étaient la défense du territoire menacé d'invasion, l'affermissement de la république naissante et les institutions qui devaient assurer le bonheur et la souveraineté du peuple. — Quoiqu'à cette époque le langage des Girondins eut à certains égards quelques points de contact avec celui des Montagnards dont Robespierre était l'organe principal, on n'apercevait pas moins la différence énorme qui existait dans leurs opinions, dans leurs tendances et dans leurs vœux. La Gironde visait à l'inégalité, au faste, au pouvoir des riches, aux mœurs relâchées ; chez Robespierre tout était égalité, simplicité, moralité et amour sincère du peuple. Cette différence explique l'acharnement avec lequel les Louvet, les Brissot et leurs amis s'attachèrent à calomnier et à injurier Robespierre et à lui enlever la réputation dont il jouissait auprès du peuple de Paris. La fermeté de ses sentiments lui valut de la part de ces-messieurs une imputation perpétuelle d'entêtement, d'orgueil et de jalousie.

Les Montagnards voyaient dans les Girondins des sophistes habiles, désireux de remplacer les anciens grands ; ceux-ci haïssaient, dans les chefs de leurs adversaires, l'austérité de mœurs et d'opinions dans lesquels ils lisaient leur propre condamnation. Plusieurs des juges de Louis XVI n'aperçurent dans cet accusé qu'un coupable à punir. Robespierre y vit de plus la royauté à foudroyer et l'ordre républicain à établir : négligez, disait-il, les formes qui ne sont pas applicables à un tyran ; frappez Louis et hâtez-vous de rendre de bonnes lois. Il ne votait la peine de mort que contre les ennemis des droits du peuple. C'était surtout à la tribune des Jacobins qu'il développait toute sa pensée. Il fut l'âme de cette société, à laquelle la sagesse de ses doctrines rallia tout ce que le parti populaire avait de plus éclairé et de plus pur. Cependant, quelques grains d'ivraie s'y trouvèrent mêlés au bon froment et ce mélange, qui y sema quelquefois le trouble, nécessita des épurations dont les suites grossirent les causes des maux publics. La licence de l'ancienne cour, mêlée au désordre du nouveau gouvernement, avait donné naissance à un relâchement de morale qui offrait un contraste pénible avec les vertus que la révolution avait enfantées. La corruption s'était glissée dans les autorités publiques et même dans la Convention, où l'on compta des concussionnaires et des mandataires infidèles. On en fut alarmé, et Robespierre en témoigna son indignation à la tribune nationale et aux Jacobins.

Deux factions, celle d'Hébert et celle de Danton, firent le désespoir des bons citoyens. Après l'expulsion de la Convention des députés girondins, une constitution fut proposée au peuple, qui lui donna sa sanction. Cependant deux motifs, dont on sentit généralement l'importance, en firent suspendre la mise en activité; elle fut remplacée par le gouvernement révolutionnaire qui devait durer jusqu'à la paix; le premier motif portait sur l'impossibilité de comprimer constitutionnellement les ennemis royalistes ou bourgeois, armés contre la réforme populaire; le second tirait sa force de ce qu'on ne pouvait se flatter que les institutions, dont la république avait un urgent besoin, seraient l'ouvrage de nouveaux députés nommés par le peuple agité par les factions et balotté par la guerre civile. Les hébertistes et les dantonistes avaient provoqué l'établissement du gouvernement révolutionnaire; depuis, ils conspirèrent pour le détruire : les premiers ne le trouvaient pas assez sévère, les derniers disaient qu'il l'était trop. Les hébertistes prêchaient la violence, l'impudicité et l'athéisme; ils voulaient empêcher l'accomplissement de la mission dont le gouvernement révolutionnaire était chargé; ils dégoûtaient le peuple de la révolution. Une morale moins furieuse, mais plus corruptrice et plus dangereuse, caractérisait l'autre faction.

Le plus grand malheur fut que la gangrène dévorait les entrailles de la Convention, au sein de laquelle Danton professait, aux applaudissements de nombreux disciples, l'amour de l'argent, la soif des puissances, l'indifférence politique et le mépris de la vertu. Le comité de salut public le disait soldé par l'Angleterre. Robespierre aperçut, dans les vices et dans les tentatives de ce factieux, le dernier obstacle qui restait à vaincre pour arriver au règne paisible de l'égalité et du peuple. Il résolut de le combattre : il scella son arrêt de mort. Quand la probité et la vertu furent mises à l'ordre du jour, quand l'immoralité fut déclarée contre-révolutionnaire, quand du haut de la tribune on proscrivit l'égoïsme et l'intrigue, quand des députés concussionnaires furent traduits devant le tribunal qui condamnait les traîtres, les factions immorales pâlirent et conçurent d'atroces projets. Une réforme, telle que la concevaient Robespierre et ses amis, est si contraire aux idées d'ordre social communément reçues, qu'il n'est pas étonnant qu'à côté de ceux qui la contrariaient, parce qu'elle menaçait leur intérêt et leurs passions, il y eût des hommes qui ne la favorisaient pas, faute de la comprendre et de pouvoir la concilier avec leurs maximes et leurs anciennes habitudes ; et c'est peut-être à cette fatale disposition des esprits qu'il fut dû le rejet de deux grandes mesures, *l'éducation commune* et *l'allocation des biens nationaux* au peuple. Si l'on en croit les révélations de quelques-uns des proscripteurs de Robespierre, la pensée manifestée de modifier les lois sur la propriété ne contribua pas peu à grossir le nombre de ses ennemis. Robespierre n'était pas matérialiste ; il n'admettait pas non plus de révélation ; mais il croyait fermement à la morale et à la vertu ; il pensait que les idées d'un Dieu rémunérateur et de la vie future devaient, pour le bonheur de la société humaine, s'identifier avec les lois de l'égalité, et en devenir le plus solide appui. L'athéïsme des courtisans avant la révolution et celui professé de son temps par les intrigants, les immoraux, les ambitieux et les brouillons qui tendaient à l'ériger en dogme politique, l'affermissaient dans sa manière de voir à cet égard, et lui faisaient considérer comme inséparables le déïsme et l'égalité. Ce fut donc pour défendre la morale outragée, l'égalité compromise et la liberté en péril, qu'il provoqua le décret par lequel furent solennellement reconnus l'existence de Dieu et l'immortalité de l'âme, principes sur lesquels il prétendait appuyer les institutions qu'il ne cessa de demander, de concert avec Saint-Just son disciple et son ami. Robespierre avait successivement attaqué la cour, les nobles, les prêtres, les bourgeois, les Girondins, les Montagnards immoraux, les trompeurs et les sangsues du peuple ; tous se liguèrent contre lui, sinon de fait, certainement d'intention et de vœux. Il n'avait pour lui que le peuple laborieux et souffrant ; il ne fut pas difficile de le diviser, de le tromper et de le désarmer. Qui pourrait raconter toutes les ruses, toutes les calomnies dont furent assiégés les hommes crédules et timides pour les déterminer de se prononcer contre celui qu'ils avaient naguère admiré et flatté. On fit jouer surtout le ressort de la peur et celui de l'amour-propre blessé : Robespierre, disait-on, en voulait à tous ses collègues et allait les envelopper dans une proscription générale. La vérité est que ceux qui s'étaient compromis par des abus de pouvoir ou par des actes scandaleux d'immoralité étaient en quête de complices pour échapper aux peines qu'ils avaient méritées. Robespierre ne se dissimulait pas sans doute le nombre et l'acharnement de ses ennemis ; peut-être les crut-il moins puissants dans la Convention nationale ; mais il est probable, et l'on

peut affirmer que, convaincu de l'impossibilité d'affermir la république et de sauver la révolution par la politique immorale et contraire aux droits du peuple, prônée par les fripons qui exerçaient
l'autorité ou allaient s'en emparer, il aima mieux tenter un dernier
effort au péril de sa vie que de survivre à la perte de l'égalité et à
l'asservissement du peuple. Robespierre avait au Comité de salut
public des rivaux et des ennemis. Ce comité eut de l'énergie; il
rallia le peuple; il préserva la France de l'invasion; il comprima les
factions; il créa l'unité révolutionnaire, mais il ne conçut pas la
réforme et en repoussa les idées élémentaires. Après avoir aplani
les obstacles, il eut dû jeter les premières pierres d'un édifice
durable, et à cet égard la majorité de ses membres manqua de plans
de sagesse et de prévoyance. Saint-Just avait bien jugé les besoins
de la France, l'incapacité de la Convention et la faiblesse de ses
collègues du comité, quand il se décida à leur proposer la dictature
dans la personne de Robespierre; il avait le pressentiment des
maux qui depuis ont fondu sur le peuple français, mais sa propo-
sition, repoussée avec dédain, ne fit qu'accélérer la catastrophe dans
laquelle s'ensevelirent les pensées vraiment vertueuses qu'on a
attribuées à tort au comité de salut public et à la montagne conven-
tionnelle.

Ces pensées étaient encore plus étrangères à l'autre comité de
gouvernement, dit de sûreté générale, où l'esprit anti-plébéien et
la rivalité d'autorité enfantèrent des menées bien plus méchantes et
plus viles. Presque tous ceux qui le composaient se livrèrent à des
actes révoltants et bas, dans la vue d'accabler la vertu dont ils
étaient offusqués. Il n'est que trop vrai que beaucoup d'hommes
fameux n'ont rien vu dans le patriotisme au-delà de la compression
et de leur élévation personnelle. Le jour où le peuple de Paris
célébra avec enthousiasme la fête de l'Etre-Suprême, fut signé
l'arrêt de mort de celui qui l'avait proposée. Tous les ressentiments
contre-révolutionnaires, patents ou secrets, se résumaient dans cette
seule idée : la mort de Robespierre. Alors l'esprit de réforme et
d'égalité s'était réfugié aux Jacobins et à la Commune de Paris. Les
amis de Danton effrayés semaient à la Montagne, où siégeaient plusieurs commissaires prévaricateurs, la méfiance, les alarmes et la
confusion. Nous inclinons à penser qu'au moyen de quelques mesures de prévoyance, il eût été facile à Robespierre, entouré de la
confiance populaire, de déjouer les complots de ses ennemis. Trop

confiant dans la puissance de la vérité, il préféra traduire au tribunal de la Convention ceux qu'il eût pu écraser de son souffle. Là, il mit à nu la turpitude des factieux, les erreurs des gouvernants et les dangers de la politique qui semblait prévaloir. Son discours respire d'un bout à l'autre l'amour le plus pur de l'égalité et du peuple. Loin de demander, comme on l'a prétendu, la cessation du gouvernement révolutionnaire, il en conseilla le maintien, tout en faisant sentir la nécessité de le purger des fripons et des traîtres qui s'y étaient glissés. Quant à la terreur, il voulait qu'en cessant de l'appesantir sur le peuple, on la rendît plus juste et plus sévère envers les aristocrates et les immoraux. Il fut accablé sous le nombre et la fureur de ses ennemis, dont les vociférations tumultueuses rendirent toute défense impossible. On passa avec une précipitation scandaleuse du baillon à l'arrestation et de celle-ci à la mise hors la loi. Le peuple qui accourait à son secours fut divisé et dispersé par d'incroyables accusations de tyrannie, de royalisme et d'intelligence avec les Bourbons. Ces accusations sont constatées par les rapports des comités, et la perfidie qui les dicta a été mise hors de doute par l'aveu de leurs auteurs. Robespierre mourut pauvre et chéri de tous ceux qui avaient été à portée de connaître et d'apprécier sa vertu. Il fut la victime de l'immoralité. Le peuple n'eut jamais d'ami plus sincère et plus dévoué. On a fait de grands efforts pour flétrir sa mémoire : tantôt on lui a reproché de vouloir s'emparer de la dictature ; tantôt on lui impute à crime les rigueurs nécessaires exercées par le gouvernement révolutionnaire. Heureuse, disons-nous, la France, heureuse l'humanité, si Robespierre avait été le dictateur et le réformateur ! Il n'exerça jamais le droit de proscrire et de juger ; il n'eût d'autre autorité que celle de la parole ; il s'était éloigné du comité de salut public pendant que le tribunal révolutionnaire prononçait un grand nombre de peines dont, en de certaines crises, la vertu la plus pure reconnaît l'urgence et approuve la sévérité.

IMPRIMERIE FRANÇ. ET ORIENTALE E. BERTRAND, CHALON-SUR-SAONE 14611

SOCIÉTÉ ROBESPIERRE

Fondée en 1832 sous le titre de *Section Robespierre* et réorganisée en 1911 sous le nom qu'elle porte aujourd'hui, la *Société Robespierre* groupe dans son sein tous ceux qui estiment que la personnalité et le rôle historique de Robespierre ont été défigurés jusqu'ici par les calomnies thermidoriennes et qu'il importe de replacer dans son vrai jour, par des études impartiales et précises, l'homme qui fut l'âme et le génie de la Révolution française.

Administrée par un comité directeur de douze membres, la Société Robespierre publie un bulletin trimestriel et prépare l'édition de diverses brochures, dont la première paraîtra dans le courant de l'année 1912. Parmi les principaux articles publiés par le *Bulletin de la Société Robespierre* au cours de l'année 1911, citons les suivants : *La Société Robespierre (1832-1911); Robespierre et les Républicains de 1833; Un témoignage sur Robespierre; Robespierre avocat; Les Remords de Barras; Ce qu'on pensait de Robespierre sous la deuxième République; Robespierre jugé par Philippe Buonarroti; Robespierre et Cabet;* etc.

La cotisation des membres de la Société Robespierre est fixée à 3 francs par an (3 fr. 50 pour l'étranger); elle donne droit au service du *Bulletin* et de toutes les publications de la Société.

Les adhésions peuvent être adressées à Mme Relda-Galland, secrétaire générale, 61, boulevard des Batignolles, à Paris (VIIIe), ou à M. G. Lallement, trésorier, 6, avenue des Gobelins, à Paris (Ve).

www.ingramcontent.com/pod-product-compliance
Lightning Source LLC
Chambersburg PA
CBHW061413170626
46811CB00005B/1983